AF611263

CATALOGUE

D'ESTAMPES

ANCIENNES

DES DIVERSES ÉCOLES

ET DESSINS

Arrivant de l'étranger

dont la vente aux enchères publiques aura lieu

HOTEL DES COMMISSAIRES-PRISEURS

RUE DROUOT, N. 5,

SALLE N° 5 BIS, AU 1er

Le Samedi 20 Mars 1858, à une heure

Par le ministère de Me PERROT, Commissaire-Priseur
Quai des Augustins, 55

Assisté de M. VIGNÈRES, March. d'Estampes, rue de la Monnaie, 1?
à l'entresol, entrée rue Baillet, 1,

chez lequel se distribue le présent Catalogue

PARIS

RENOU ET MAULDE

IMPRIMEURS DE LA COMPAGNIE DES COMMISSAIRES-PRISEURS
rue de Rivoli, 144

1858

716 · 50   716 · 50 / 30 75 / 750 [illegible] Bordereau   70 [illegible]

57   50   35 · 75

[illegible] 8   [illegible]

89   75   34   295 [illegible]   33 %

76 70

40

36 · 70

15. [illegible] 5 . 50
42. [illegible] 8 50
75. [illegible] 9 [illegible]
—150 [illegible] 1
[illegible] [illegible] 8
149 [illegible] [illegible]
—196 Varin 10
126 [illegible] 11 50
124 [illegible] [illegible]
—114 [illegible] 1
10[illegible] Colbert 14
104 [illegible] 5 50
96 [illegible] 1
8[illegible] [illegible] 1 50
—90 [illegible] 2
8[illegible] [illegible] 6
67 George 1
59 [illegible] 1 50
—56 [illegible] 6
95 [illegible] 1

73
3 65
76 65

Ostade	52
Van Vliet	8
Bega	19
Dusart	1
P. de Laer	6
	86

400 Catalogues	40	27	
Distribution		12	
25 affiches et affich		11	
3 h. depense		15	
Salle	10	15	
Enregistrement		18	
Declaration } Timbre }		5	
Depenses vignettes		7	
Gratis		12	
honoraires Com. Priseur		45	
—— Expert		37	50
		204	50
Deduire 5 % acquereurs		37	50
		167	

22 – ½ 168.75

31	75
40	75
36	
114	75
30	75
92	
9	50
47	50
43	75
58	75
61	50
14	50
47	75
84	75
8	
750	00

[illegible] 189.50
[illegible] 114.50
[illegible] 276.80
[illegible] 16.50
[illegible]
[illegible] 208.90
217.40
[illegible]
[illegible]
[illegible] 7670
[illegible]

714 50
[illegible]

CATALOGUE
D'ESTAMPES
ANCIENNES
DES DIVERSES ÉCOLES
ET DESSINS
Arrivant de l'étranger

dont la vente aux enchères publiques aura lieu

HOTEL DES COMMISSAIRES-PRISEURS

RUE DROUOT, N. 5,

SALLE N° 5 BIS, AU 1er

Le Samedi 20 Mars 1858, à une heure

Par le ministère de Me **PERROT**, Commissaire-Priseur
Quai des Augustins, 55

Assisté de M. **VIGNÈRES**, March. d'Estampes, rue de la Monnaie, 13
à l'entresol, entrée rue Baillet, 1,

chez lequel se distribue le présent Catalogue.

PARIS

RENOU ET MAULDE

IMPRIMEURS DE LA COMPAGNIE DES COMMISSAIRES-PRISEURS
rue de Rivoli, 144.

1858

CONDITIONS DE LA VENTE

Elle sera faite au comptant.

Les acquéreurs payeront, en sus des adjudications cinq centimes par franc, applicables aux frais.

ORDRE DE LA VACATION

Le Samedi 20 Mars 1858

N° de division 200

Lots 158 à 172

Estampes 1 à 157

Recueil 173 à 178

Dessins 180 à 200

On commencera à une heure précise.

DÉSIGNATION

DES

ESTAMPES

1 **Aken.** Les Paysans en conversation en haut de la colline. B. 18. Wischer ex.

2 **Aliamet.** Les Amusements de l'hiver, d'après Van de Velde.

3 **Amling.** Portrait, pièce historique, etc. 4 p.

4 **Balechou.** La Force, d'après Nattier.

5 **Bartolozzi.** Brennus, scène d'un chirurgien avec une jeune fille 2 p.

6 **Bary.** Le Printemps et l'Été, représentés par deux enfants, d'après Van Dyck.

7 **Basan,** d'après Teniers. 3 p.

8 **Baudouin** (d'après). L'Épouse indiscrète.

9 **Beauvarlet.** Les Couseuses, d'après le Guide, épr. avant toutes lettres.

10 **Bella** (St. della). Chapelle funèbre, port de Livourne, etc. 7 p.

11 **Berardi**. Scènes pastorales, d'après Piazzetta. 2 p.

12 **Bergmuller**. Les Quatre Saisons, panneaux d'ornements, goût de Watteau. 4 p.

13 — Complexion colérique, sanguine, flegmatique, mélancolique, quatre panneaux d'ornements, goût de Watteau. 4 p.

14 **Bitthesumer**. Huet, évêque.

15 — Marquis de Castelnau, d'après Nanteuil.

16 **Bloemaert**. Études. 25 p.

17 **Blooteling**. Alphée et Aréthuse, les quatre lions, d'après Rubens. 5 p.

18 **Boilly** (d'après). Çà a été.

19 **Bolswert**. Barbé, Pepyn, Vranex, d'après Van Dyck. 3 portraits.

20 **Bolswert** (Boèce à), exc. Deux dames à table, avec deux cavaliers, dont l'un menace d'un poignard un pêcheur à genoux, pendant qu'un troisième pourchasse sa femme à grands coups d'épée, d'après Winckboons. Pièce curieuse pour les costumes.

21 **Bonato**. La Sacra Famiglia, d'après Corrége.

22 **Bos** (Hieronimus). Pièce drolatique avec combat des anges contre les démons pour leur enlever les âmes, en trois compartiments.

23 **Bosse**. L'hôpital de la Charité et autres. 5 p.

24 **Boucher** (d'après). Le Réveil, jolie pièce par Huquier.

25 — L'Oiseau privé, par Flipart.

26 **Braaw** (Claus). Proverbes, la femme chaussant la culotte, etc. 2 p.

27 **Brustolon**. Fête à Venise avec le Bucentaure, d'après Canal.

28 **Bry** (Th. de). L'Age d'Or et autres petits maîtres. 5 p.

29 **Callot**. Les Misères de la guerre. 18 p.

30 — Les Caprices. 8 pièces.

31 — (par et d'après). Bohémiens, costumes, etc. 32 p.

32 **Canaletti**. La Place du Dôme, piazzetta. 2 p.

33 **Carrache** (A). Pièces gracieuses. 5 p.

34 **Caraglio** et autres. Les Amours des Dieux. 13 p.

35 **Cars**. Michel Anguier, sculpteur.

36 — Sébastien Bourdon, peintre.
Ces deux portraits ont toute leur marge.

37 **Castiglione**. La Nativité, Lazare, etc. 5 p.

38 **Chereau** (F.). Louis de Boullongne, peintre, d'après lui-même.

39 **Chevillet**. La Santé portée, la Santé rendue. 2 p. d'après Terburg; marge.

40 **Chodowiecki**. Vignettes pour Gil Blas et autres, environ 72 p. Pourra être divisé.

41 **Cock**. Paysages, le Bon Samaritain, Mercure et Argus, Apollon et Daphné. 5 p.

42 **Cunego**. La Fornarina, d'après Raphaël; la Madeleine, d'après le Guide. 2 p.

43 **Danckerts**, d'après Berghem. 6 p.

44 **D'André Bardon**. Le Christ en croix.

45 **Demarteau**. Vénus couronnée par les Amours et autres. 2 p. à la sanguine.

46 **Dietricy**. L'Enfant prodigue se faisant gardeur de pourceaux et autres. 4 p.

47 **Dyck** (Van). Paulus du Pont, graveur; belle eau forte, papier à la folie.

48 **Edelinck**. Le Brun, peintre.

49 — Jules Hardouin Mansart, architecte.

50 — Bignon, Noailles, la Sainte Famille. 3 p.

51 **Flinck** (G.). Tête d'homme de profil.

52 **Flipart**. Scènes de la journée d'une jolie femme, sujets d'intérieurs. 3 p.

53 **Folin** (B.). Trois femmes nues soutenant une corbeille de fleurs, d'après Dominiquin.

54 **Fragonard** (d'après). La Chemise enlevée, jolie pièce par Guersant.

55 **Galle** (C.). Henriette de Lorraine, d'après Van Dyck.

56 — Marselar, d'après Van Dyck.

57 — La Fonderie, etc. 10 p.

58 **Gheyn**. L'Annonciation et autres. 4 p.

59 **Godenneseche** (Chez). Amusements champêtres. Pièce dans le goût de Watteau.

60 **Gole**, d'après Dusart. 4 pièces des cinq sens.

61 **Golzius**. Portrait de Nicolas Daventer. B. 204.

62 — Costumes d'officier et de hallebardier. 2 p.

63 — Création du Monde, culbuteurs. 4 p. rondes.

64 — Résurrection, Jugement dernier, les Méchants précipités aux enfers. 4 p. rondes

65 — Allégories, sujets mythologiques. 35 p. par et d'après. Pourra être divisé.

66 **Greuze** (d'après). La Petite Nanette, par Belle jambe.

67 — La Compassion, gravé en manière noire, par J. Massard. Rare.

68 **Griesman**. J. S. Bach, portrait rare.

69 **Grospielsch**. Paysages avec animaux, à l'eau-forte. 4 p.

70 **Gunz**. G. Vander Meulen, Limborg. 2 portr.

71 **Hoermann** (C. F.). Traité de Westphalie.

72 **Holbein** (d'après). Vierge avec six personnages, de la galerie de Dresde, gravé par Boëce.

73 **Houbraken**. B. S. Albinus, médecin.

nb. 1.

N°25	Boucher l'oiseau privé		1	
54	Chemise enlevée	Comberousse	6	
59	Godenneche		1	50
67	Greuze la comparaison		1	
85	Lepautre 6 pieces		6	
90	Longhi	Gebaut	2	
95	Monaco 3 pr		1	50
96	amusé d'autruche		1	
104	Christine Nanteuil		5	50
105	Colbert d°		4	
114	Picart	Quecq	1	
124	Port^t Duchesse de Wurtemberg		1	50
126	Sommeil		4	50
136	Saenredam	Varin	10	
143	Strange Madeleine		6	
149	Temple		2	
150	Mancini	Comberousse	8	
~~75~~	75 Mallez		2	50
	42 divers		2	50
	15 divers		5	50
			73	..
			3	65
			76	65

74 — Hempden, Houthoff, Verduin. 3 portraits.

75 **Jeaurat**. Pierre Puget, le Michel-Ange de la France.

76 **Kilian** (les). Henri Roos, peintre.

77 — Portraits et sujets. 11 p.

78 **Kobell**. Paysages à l'eau-forte. 15 p.

79 **Kolbe**, Paysages. 2 p.

80 **Kraussen.** Intérieur de Saint-Pierre de Rome, pendant le Jubilé de 1700.

81 **Lancret** (d'après). L'Été et autre pièce, d'après Watteau. 2 p.

82 **Langenmayr**. Chr. van Klein, médecin.

83 **Lefebre**, d'après Véronèse. 3 p.

84 **Lefebure**. Charles Patin, médecin. Beau portr.

85 **Le Pautre**. Frises, feuillages et tritons. 6 p. à deux sujets.

86 — Frises, feuillages et autres. 6 p. à deux sujets.

87 **Ligne** (le prince Charles de). Tête de jeune femme fac-simile d'après Guerchin.

88 **Loir** (A.). Présentation au Temple, d'après Jouvenet; le Temps découvre la Vérité, d'après Rubens. 2 p.

89 **Longhi**. Bonaparte à Arcole, d'après Gros.

90 — Satyre poursuivant une nymphe près la source d'un fleuve; autre d'après Tiépolo. 2 p.

91 **Loutherbourg.** La Bonne petite sœur et autres. 3 p.

92 **Matham**. Les quatre parties du jour. 4 p.

93 **Mellan**. Saint François, portraits, etc. 4 p.

94 **Mesnil**, d'après Loutherbourg, Minette.

95 **Monaco**. Adam et Eve, la Samaritaine, etc. 3 p.

96 **Moncornet**. Anne d'Autriche, portrait octogone. Rare.

97 **Montagna** (Benoist). Le Satyre. B. 17.

98 **Moreau** (J. M.). David et Betzabé, d'après Rembrandt.

99 **Muller.** Portrait de Turenne.

100 — Vierge et Jésus, d'après Spada.

101 **Munikhuyssen.** Cornelis Tromp.

102 **Nanteuil.** Barberin. R. D. 29.

103 — Victor Le Boutillier Turonensium episcopvs, d'après Champagne. Premier état et deuxième état non décrit, par R. D. 64. L'année 1651 effacée et le nom et titre sur la bordure octogone. 2 portraits.

104 — Christine, reine de Suède. R. D. 67.

105 — Jean-Baptiste Colbert. R. D. 72. Deuxième état.

106 — Sarrazin, — Scudéri. 2 portraits.

107 — Guénégaud, — De Neuville. 2 portraits.

108 **Natalis.** Allégorie. Chevalier posant sa main sur le sein d'une femme qui tient une boule, d'après Titien.

109 **Nilson.** Fontaine, Saisons, etc. 5 p.

110 **Nordlingen,** d'après Edelinck. Ph. de Champagne, peintre.

111 **Ostade.** Son œuvre en 52 p. — Van Vliet, 8 p. — Bega, 19 p. — C. Dusart, 1. — P. De Laer, 6 p.; en tout 86 p. cartonnées. Belles épreuves.

112 **Passe** (C. de). Sujets divers. 5 p.

113 **Pedro** (F.), dit Cavalli. Les Batailleuses. 4 pièces d'après F. Majotto.

114 **Picart** (B.). Baptême de Clovis et autres. 5 p.

115 **Pierre** (d'après). Les Bacchantes endormies. Avant toutes lettres.

116 **Piranesi.** Vues de Rome. 10 p.

117 **Pitteri.** Goldoni, Maffey, Quirini. 3 portraits.

118 **Pontius**. Vandervouver, Otto Vœnius, Rokox. 3 portraits.

119 **Preisler** (G. M.). 4 portraits.

120 **Prenner**. D'après divers maîtres, 14 p.

121 **Ribera**. Le Silène.

122 **Ridinger**. Chevaux et pâturage. 12 p

123 — Divertissement des grands seigneurs, ou description des chasses de toutes sortes de bêtes. 36 pl. in-fol. toute marge, dans un carton.

124 **Rist**. Charlotte-Auguste-Mathilde, grande duchesse de Wurtemberg, princesse de la Grande-Bretagne.

125 **Rogman**. Paysage. 2 p.

126 **Romanet**. Le Sommeil, d'après Titien.

127 **Roullet**. Camille Letellier, abbé de Louvois, d'après Largilière.

128 **Rousselet**. Enlèvement de Déjanire. Mort d'Hercule. 2 p., d'après le Guide.

129 **Rubens** (d'après). Suzanne, paysages, etc. 6 p.

130 **Rugendas**. Costumes de cavaliers, 8 p. et campements, en tout 10 p.

131 **Ruyter** (N. de). Le Bain de Diane. Rare.

132 **Sadeler** (les). France, Espagne, Germanie, Italie. 4 p.

133 — Martyres, Saints et Saintes. 13 p.

134 — Paysages. 14 p.

135 — Sujets religieux et allégoriques. 20 p.

136 **Saenredam**. Les Vierges folles, Vertumne et Pomone, etc. 12 p.

137 **Schmuzer**. Famille de Rubens et autres, Musée Napoléon. 4 p.

138 **Schultze**. D'après Jordano, Lairesse, Rubens. 3 pièces avant la lettre. Galerie Lebrun.

139 **Schuppen** (Van). Lingende, Talon, Ch. Maurice Letellier, etc. 4 portraits.

140 **Smith.** Vénus embrassant l'Amour, d'après L. Jordano.

141 **Spranger** (d'après). Le Christ et la Madeleine.

142 **Strange.** Cléopatra, Toilette de Vénus. 2 p.

143 — Diva Magdelena, d'après Corrége.

144 **Surugue.** La Coquette, le père de Rembrandt, Persée délivre Andromède 3 p.

145 **Tanjé,** d'après Troost. L'amour mal assorti.

146 **Teniers** (d'après). 12 pièces.

147 **Valck,** d'après Lely. Madam Davits.

148 **Valperga.** La Correction conjugale.

149 **Vandrebane.** Guillaume Temple.

150 **Verkolye.** 1680. Ortance Manchini, duchesse of Mazarin, d'après P. Lely.

151 **Visscher** (J.). Quatre sujets d'après Berghem, six d'après Wouvermans ; en tout 10 p.

152 **Vliet** (Van). Le Baptême de l'Eunuque.

153 **Vorsterman** (Lucas), d'après Van Dyck.

154 **Waterlo.** Paysages. 21 p. à l'eau-forte. Pourra être divisé.

155 **Weirotter.** Paysages à l'eau-forte. 18 p.

156 **Wierix** (Jérôme). Saint Bernard, saint François de Paule, Sainte Famille à la grappe, Mort de la Vierge, etc. 7 p. Pourra être divisé.

157 **Wille.** Le petit Physicien, d'après Netcher.

158 École française. 13 pièces.

159 Ecole flamande. 30 pieces.

160 — Wouvermans. 6 pièces.

161 École italienne. 37 pièces.

162 Paysages, Perelle, etc., 29 pièces

163 Paysages flamands. 13 pièces.

164 Vues diverses. 65 pièces.

		[illegible]		
124	[illegible]	2		
100	Vermicelle	1		
[illegible]	[illegible]	1		
[illegible]	[illegible]	[illegible]	[illegible]	7 q
[illegible]	[illegible]		[illegible]	
62	[illegible]	3	50	7 q
40	[illegible]	4	[illegible]	
4	sep [illegible]	2	50	
8	[illegible]	[illegible]	[illegible]	
80	[illegible]	2	25	
[illegible]	Farines	1	25	
[illegible]	[illegible]	3	50	[illegible]

[illegible]

165 Vues d'Italie, Venise, etc. 30 pièces.
166 Vues de France. 40 pièces.
167 Sujets religieux. 20 pièces.
168 Sujets historiques. 14 pièces.
169 Animaux divers. 40 pièces.
170 Caricatures anglaises, etc. 88 pièces.
171 Portraits, environ 94 pièces. Sera divisé.
172 Sujets sur la Mort, Danse des morts. 46 p. Sera divisé.

RECUEILS.

173 — Têtes et portraits. Planches tirées d'un Lavater. 35 p.
174 — Moralle d'Horace, Danckerts. 78 p.
175 — Charges d'après Callot, Labelle, etc. 53 p.
176 — Pinelli. 50 costumes pittoresques.
177 — Costumes de soldats, d'après S. Rosa. 69 p.
178 — Vues de Rome. 1767. G. C. Kilian. 54 p.
179 — Vues de Rome, par Vasi. 62 p.

DESSINS.

180 ANONYMES. Dessins gracieux. 3 p.
181 — Vue de Suisse. Aquarelle.
182 — Tombeau de J. J. Rousseau. Au crayon.
183 — La Marchande d'Amours. Belle gouache italienne.
184 — Danseuses, pour panneaux. Aquarelles. 3 p.
185 HOLBEIN. Hercule portant le monde. A la plume.
186 PECTORALIUS (Jean). 1691. L'Escarpolette, Collin-Maillard. 2 dessins à la plume sur vélin.
187 PITTONI (G. B.). Conquérant auquel on offre des présents. A la sanguine.

188 ROOS (H.). Animaux passant un gué, vaches debout. 4 dessins à la sanguine. Pourront être divisés.

189 ROQUEPLAN. Intérieur de jardin de château. A la mine de plomb.

190 ROSELLI. Les disciples d'Émaüs. Au bistre.

191 ROTTENHAMER (J.). Fuite en Égypte. A la sanguine.

192 SCHELLEMBERG. Jeune fille. A la sanguine.

193 SCHIANONI (Michel). Saint Georges terrassant le dragon. Lavé à l'encre.

194 STORCKLIN (J.). 1778. Vénus et l'Amour. Dessin gracieux aux trois crayons.

195 TESTA. La naissance d'Achille.

196 TIEPOLO. Forges de Vulcain. Lavé au bistre.

197 — Scène de carnaval. Au trait.

198 WATERLO. Deux dessins. A la plume.

199 WOCHER. Paysan assis. Lavé à l'encre.

200 Sous ce numéro on vendra les lots d'estampes et de dessins non catalogués.

Renou et Maulde, imprimeurs de la Compagnie des Commissaires-Priseurs
rue de Rivoli, 144. 4192

www.ingramcontent.com/pod-product-compliance
Ingram Content Group UK Ltd.
Pitfield, Milton Keynes, MK11 3LW, UK
UKHW020400250726
13967UKWH00005B/2394